Susie Morgenstern

Freundin gesucht

Weitere Titel der Autorin:

Supermittelmäßig

Susie Morgenstern

Freundin gesucht

Aus dem Französischen von Anja Kootz und Tobias Scheffel
Mit Illustrationen von Claude K. Dubois

Boje

MIX
Papier aus verantwortungsvollen Quellen
FSC® C006701

Titel der französischen Originalausgabe:
»Tu veux être ma copine?«

Text von Susie Morgenstern und Illustrationen von Claude K. Dubois

Gesamtgestaltung und Satz: Christina Krutz Design, Biebesheim
Einbandmotiv: Claude K. Dubois
Gesetzt aus der Classical Garamond
Druck und Einband: CPI – Ebner & Spiegel, Ulm

Printed in Germany
ISBN 978-3-414-82358-8

5 4 3 2 1

Sie finden uns im Internet unter:
www.boje-verlag.de

Für Hedwige Pasquet
und Marianne Magnier-Ripert

1
Heuschrecken im Bauch

Hannah mag dieses einsame Haus nicht. Es steht ganz am Rande eines Feldes, auf dem irgendwas wächst, was sie nicht kennt. Sie richtet sich in ihrem Zimmer ein und hat Angst vor dem nächsten Tag: dem ersten Tag an ihrer neuen Schule. Denn dann wird die Direktorin sie einer Klasse mit lauter fremden Kindern vorstellen.

Wenn sie doch eine Schwester oder wenigstens einen Bruder hätte! Dann wäre sie nachmittags nach der Schule in diesem riesigen Haus nicht ganz so allein.

Es ist unerträglich.

Hannah fühlt sich einsam. Es ist, als stünde sie mitten in einer Wüste, in der man nichts sieht außer Sand, so weit das Auge reicht! Oder als wäre sie auf hoher See, umgeben von Wasser und gewaltigen Wellen! Oder als wäre sie genau dort, wo sie jetzt gerade ist: zwischen kahlen Wänden, am Rande eines Feldes, ohne einen anderen Menschen, der sagt: »Hallo, Hannah. Wie geht's?«

Hannah war sehr traurig, als sie ihre Schule, ihre Wohnung, ihre Stadt und besonders ihre Freunde zurücklassen musste. Mitten im Schuljahr ist sie mit ihren Eltern aufs Land gezogen. Ihre Mutter und ihr Vater hatten schon ewig von einem Häuschen auf dem Land geträumt. Und dann hatten

sie beide Arbeit und ein Haus in Mittelfrankreich gefunden. Mitten im Nirgendwo!

Niemand hat Hannah nach ihrer Meinung gefragt. Von morgens bis abends schwärmten ihre Eltern: »Du wirst sehen, wie schön es dort ist. Die Landschaft, die Natur, die Vögel, der Wald.« Oder: »Du wirst sehen, wir werden einen Gemüsegarten anlegen, und du kannst jede Menge Himbeeren ernten!« Oder: »Du wirst sehen, wir werden viel Platz haben und du kannst all deine Freunde einladen.«

Welche Freunde??? Anna, Fanny und Salima sind in Paris geblieben, genau dort, wo auch Hannah für immer bleiben wollte.

Es ist unerträglich.

Heute haben ihre Eltern ihren ersten Arbeitstag in der neuen Firma. Beim Frühstück reden sie wieder über nichts anderes als über ihr Vorstellungsgespräch mit der Leiterin des Personalwesens. Die Frau hatte ihnen ganz viele Fragen gestellt. Sie wollte herausfinden, ob sie für die Arbeit geeignet wären. Zu Hannahs größtem Unglück *waren* ihre Eltern geeignet.

Hannah schlüpft in ihre Lieblingsjeans und zieht ihre neue Bluse an. Sorgfältig kämmt sie sich die Haare. Aber auch das ändert nichts daran, dass sie sich so fühlt, als hätte sie einen Schwarm Heuschrecken im Bauch und einen Haufen quakender Frösche im Kopf.

Die neue Lehrerin ist schon ziemlich alt. Als Hannah den Klassenraum betritt, sitzen die Kinder still und brav auf ihren Plätzen. Wie Mumien! Kein Vergleich zu Hannahs wilder Klasse in Paris!

Sie nimmt neben einem Mädchen Platz, das ihr nicht einmal einen Blick schenkt. Es zeigt ihr nur die Seite im Mathebuch, auf der sie gerade sind. Hannah muss an ihre Klasse zu Hause denken. Gabriel spielt wahrscheinlich gerade den Klassenclown. Und Salima und Fanny schreiben sich kleine Zettelchen.

Es ist unerträglich.

Während der Pause traut sich Hannah nicht, die anderen Mädchen anzusprechen. Sie stehen in vielen kleinen Gruppen auf dem Schulhof herum. Hannah beobachtet sie von Weitem. Niemand bittet sie, dazuzukommen. Auch nicht in der Kantine.

Hannah ist wütend auf ihre Eltern. Warum mussten sie überhaupt umziehen?

Allein und unglücklich beschließt Hannah, dass es so nicht weitergehen kann.

2

Der Fragebogen

Hannah hat noch keine Hausaufgaben auf. Sie könnte fernsehen oder Computer spielen. Oder sie könnte ein paar Freunde in Paris anrufen. Aber nein, sie hat etwas anderes zu tun!

Auf dem Tisch in der Küche (dort leistet ihr wenigstens das Brummen des Kühlschranks Gesellschaft) breitet sie einige Blätter aus und beginnt zu schreiben:

1. *Magst du lieber Ketchup oder Mayo?*

2. *Redest du gern oder hörst du lieber zu?*

3. *Hast du eine beste Freundin?*

Nichts auf der Welt wünscht sich Hannah mehr!

4. *Möchtest du mit einer Freundin lieber Spaß haben oder über ernste Dinge reden?*

5. *Gibt es Personen oder Dinge, die du nicht magst?*

6. *Hast du dich schon mal mit einer Freundin gestritten?*

Hannah macht nach jeder Frage eine Pause und versucht, selbst darauf zu antworten. Sie muss an ihren großen Streit mit Fanny denken: Plötzlich war Anna Fannys neue beste Freundin, und die beiden ließen Hannah nicht mehr mitspielen.

7. *Möchtest du lieber eine Freundin, die dir ähnlich ist, oder eine, die ganz anders ist als du?*

Bei dieser Frage muss Hannah kurz nachdenken. Dann weiß sie die Antwort.

Sie hätte gern eine Freundin, die die gleichen Dinge mag wie sie (Ketchup!).

8. *Kannst du zugeben, wenn du unrecht hast?*

9. *Freust du dich, wenn einer Freundin etwas gelingt?*

Oh ja! Hannah hatte sich sehr gefreut, als Salima den Plakatwettbewerb zum Thema »Die Stadt der Zukunft« gewann.

10. *Tratschst du gern?*

Ja, denkt sich Hannah. Ich liebe Tratsch!

11. *Worüber redest du am liebsten? Über das Wetter? Über Mode? Fernsehen? Schule? Gespenster?*

12. *Wozu sind Freunde da?*

13. *Lachst du gern?*

14. *Was sind deine Stärken?*

15. *Was sind deine Schwächen?*

Hannah überlegt. Doch sosehr sie auch nachdenkt, ihr fällt keine einzige Schwäche ein.

16. *Hat dich schon einmal eine Freundin enttäuscht?*

Hier muss Hannah nicht lange überlegen: Amelie in der ersten Klasse, Laura in der zweiten Klasse, Mathilde in der dritten Klasse.

17. *Was ist eine Freundin?*

18. *Was machst du, wenn du nicht in der Schule bist? Was machst du, wenn du dich langweilst?*

19. *Teilst du gern deine Geheimnisse?*
20. *Willst du meine Freundin sein?*

Zum Schluss liest Hannah alle ihre Fragen noch einmal durch. Zufrieden steckt sie sie in ihren Ranzen. Dann schält sie Kartoffeln und deckt den Tisch für drei.

Wenig später kommen ihre Eltern von ihrem ersten Arbeitstag nach Hause. Sie sind ganz aufgekratzt. Insgeheim hatte Hannah gehofft, ihre neue Arbeit würde ihnen keinen Spaß machen. Vielleicht hätten sie dann wieder nach Paris zurückgewollt. Aber da hat Hannah sich wohl getäuscht.

»Und du, mein Liebling, wie war dein erster Tag? Hast du neue Freundinnen gefunden?«, fragt ihr Vater.

Ihre Mutter beobachtet sie, während sie Eier für das Omelett aufschlägt.

»Nein, noch nicht, aber ich kümmere mich darum!«, sagt Hannah und denkt: Ich bin allein, aber ich bin nicht schüchtern! Ich muss es schaffen!

Bevor Hannah schlafen geht, gibt sie im Internet das Wort »Personalwesen« ein und findet:

Die Abteilung »Personalwesen« verfolgt die Interessen des Unternehmens, indem sie sich um die Einstellung von Mitarbeitern kümmert, diese motiviert und fortbildet.

3
Henriette

Heute sind die Heuschrecken und Frösche still. Hannah fühlt sich schon besser. Die Gesichter ihrer Mitschüler sind nicht mehr ganz so neu, und sie kennt ihre Namen. Es ist ein bisschen weniger unerträglich.

Aber noch immer will keiner mit Hannah reden. Es ist, als hätten sie Angst, sich bei ihr mit einer seltenen Krankheit anzustecken.

Vielleicht sind die Kinder auf dem Land einfach nur schüchterner als die in der Stadt, überlegt Hannah. Dann redet sie sich wieder gut zu: »Ich bin allein, aber ich bin nicht schüchtern! Ich muss es schaffen!«

Als die Pause beginnt, nimmt sie all ihren Mut zusammen. Sie fragt die Lehrerin, ob sie am Donnerstag in der großen Pause im Klassenraum bleiben kann, statt in den Hof zu gehen.

»Nein, das ist verboten.«

»Kann ich dann einen Tisch und zwei Stühle in den Hof stellen?«

»Nein, das ist auch verboten.«

Hannah lässt den Kopf hängen. Ihr ganzer Mut ist mit einem Mal verschwunden.

Sie geht in den Hof, versteckt sich wieder in einer Ecke und beobachtet die blöden Spiele der anderen. Das ist nicht gerade ermutigend. Niemand bittet sie, dazuzukommen. Niemand redet mit ihr. Niemand bemerkt ihre Verzweiflung. In Paris hätte sie sich wenigstens in den Fluss stür-

zen können. Aber hier gibt es nicht einmal einen Fluss.

Es ist unerträglich.

Im Unterricht hört Hannah zu. Sie tut, was man von ihr verlangt, und ist eine gute Schülerin.

Auf dem Nachhauseweg geht sie durch das Zentrum des kleinen Ortes. Dort gibt es nur ein paar lächerliche Geschäfte: eine Bäckerei, ein Lebensmittelgeschäft, eine Fleischerei, einen Zigarettenladen, eine Apotheke und einen Geschenkeladen. Im Schaufenster sieht sie zwei große Kissen liegen. Und plötzlich hat sie eine Idee für Donnerstag!

Aber vor dem Donnerstag kommt erst mal der Mittwoch. Und da hat Hannah schulfrei. Ihren Eltern ist keine bessere Lösung eingefallen, als ihre neue Nachbarin zu bitten, auf sie aufzupassen. Hannah findet, sie sieht aus wie eine alte Hexe.

Das ändert trotzdem nichts daran, dass ihre Eltern sie am nächsten Tag zu ihr bringen. Wie ein Paket laden sie sie vor dem Tor des Nachbarhauses ab. Am liebsten würde Hannah, so schnell es geht, nach Hause rennen. Aber bevor sie sich davonmachen kann, hört sie die Tür quietschen, die sich vor ihr öffnet.

Ihre Eltern fahren davon. Sie hatten ihr gesagt, dass die Nachbarin 78 Jahre alt ist. Mindestens, denkt sich Hannah. Sie ist bestimmt noch 20 Jahre älter! Ihre Haut ist ganz faltig und grau. Und die zerzausten Haare sind grau. Und die Augen auch.

»Ich heiße Henriette«, sagt die alte Frau, als sie Hannah ins dunkle Haus eintreten lässt. »Es ist heiß, deshalb halte ich die Fensterläden geschlossen.«

Hannah muss an Hänsel und Gretel denken. Plötzlich sind die Heuschrecken und die Frösche

wieder da. Aber sie versucht, sich zusammenzureißen. Ich bin allein, aber ich bin nicht schüchtern!, denkt sie.

In der Wohnung türmen sich überall Bücher und Zeitschriften. Sie sieht dunkle Teppiche und riesige Kissen, schwere Vorhänge, mehrere alte Spielzeuge und einzelne Gegenstände, die vielleicht zu irgendwelchen Sammlungen gehören. Und wo ist der Fernseher?

Als würde Henriette ihre Gedanken lesen können, sagt sie: »Irgendwann räume ich mal auf.«

Und ohne nachzudenken ruft Hannah, die noch ganz viel Schwung von ihrem Umzug hat: »Ja, sofort! Wir machen das zusammen!«

Sie beginnt, Bücher von den Stapeln zu nehmen und Ordnung zu schaffen.

»Aber zuerst kochen wir uns was Schönes. Was hältst du davon, wenn wir uns zum Essen in den Garten setzen?«, fragt Henriette und läuft in die Küche.

Hannah folgt ihr. Dort stehen schon mehrere Töpfe auf dem Herd. Auf dem Tisch wartet eine Schüssel für die Zubereitung von Henriettes Spezialkuchen.

»So, ich lass dich das machen. Du musst nur das Rezept lesen und ich gehe wieder an meinen Herd.«

Der Tag vergeht wie im Traum – es ist ein sehr schöner Traum. Das Mittagessen ist das beste in Hannahs Leben. Und außerdem redet Henriette mit ihr wie mit einer richtigen Person und nicht wie mit einem kleinen Kind.

Als Hannah losmuss, borgt sie sich von Henriette zwei große Kissen. Sie kann es kaum erwarten, am nächsten Mittwoch wiederzukommen!

4
Vorstellungsgespräche

Gut gelaunt steht Hannah auf. Fast freut sie sich, in die Schule zu den Mumien zu gehen. Vor lauter Begeisterung fällt sie ihren Eltern ganz stürmisch um den Hals und ruft: »Guten Morgen!«

Mit den beiden großen Kissen unterm Arm macht sie sich auf den Weg zur Schule. Die heißt einfach »Gemeindeschule«. Als ob das ein richtiger Name wäre! Ihre alte Schule hieß »Jacques Prévert«, zur Erinnerung an den großen Dichter.

Hannah hat mehrere seiner Gedichte auswendig gelernt. Das Gedicht, das ihr an diesem Morgen durch den Kopf geht, lautet:

Welchen Tag haben wir?
Wir haben jeden Tag
Meine Freundin
Wir haben das ganze Leben
Meine Liebe
Wir lieben uns und wir leben
Wir leben und wir lieben uns
Und wir wissen nicht, was das ist,
das Leben
Und wir wissen nicht, was das ist,
der Tag
Und wir wissen nicht, was das ist,
die Liebe

Hannah fügt hinzu: »Und wir wissen nicht, was das ist, ein Freund.«

Geduldig wartet Hannah bis zur Pause. Als es klingelt, redet sie sich noch einmal gut zu: »Ich bin allein, aber ich bin nicht schüchtern! Ich muss es schaffen!«

Und dann fragt sie Ines, die neben ihr sitzt, ob sie mit ihr kommt. Ines ist ein bisschen überrumpelt, aber sie folgt ihr.

In einer Ecke des Schulhofs legt Hannah die beiden Kissen auf den Boden.

»Setz dich, bitte«, sagt sie in professionellem

Ton zu Ines und zeigt auf eines der Kissen. »Ich möchte dir gern ein paar Fragen stellen.«

Hannah liest die erste Frage vor.

»Magst du lieber Ketchup oder Mayo?«

Ines ist immer noch ein bisschen überrumpelt. Aber sie freut sich, dass Hannah sich für sie interessiert, und sagt: »Ich weiß, wie man Mayonnaise selber macht! Hundert Mal habe ich es versucht. Und letzten Sonntag habe ich es endlich geschafft.«

Hannah findet, dass die Antwort nicht so richtig zum Thema passt. Aber sie macht mit der nächsten Frage weiter.

»Redest du gern oder hörst du lieber zu?«

Ines überlegt lange.

»Ich höre lieber zu. Ich weiß nie, was ich sagen soll.«

»Hast du eine beste Freundin?«

»Ja, meinen Hund Louis.«

»Dein Hund heißt Louis?«

»Ja, wie die französischen Könige.«

»Möchtest du mit einer Freundin lieber Spaß haben oder über ernste Dinge reden?«

»Ich sage meinem Hund alles, und wir haben gemeinsam viel Spaß. Was meinst du mit ernsten Dingen?«

Es klingelt wieder, aber Hannah hat genug gehört. Sie hat entschieden: Ines wird nicht eingestellt!

Am nächsten Tag befragt Hannah Lena. Sie setzen sich auf dieselben Kissen in derselben Ecke wie am Tag davor.

»Gibt es Personen oder Dinge, die du nicht magst?«

»Ja: Bastian. Das ist mein kleiner Bruder!«

»Hast du dich schon mal mit einer Freundin gestritten?«

»Mit EINER??? Mit Tausenden! Ich habe mich mit allen Mädchen aus der Klasse gestritten! Und auch mit allen Jungen!«

Gut, denkt Hannah. Lena brauche ich keine Fragen mehr zu stellen. Die ist jetzt schon durchgefallen.

Die Nächste!

Céline möchte sich lieber nicht hinsetzen. Sie ist unsicher, was Hannah von ihr will.

»Möchtest du lieber eine Freundin, die dir ähnlich ist, oder eine, die anders ist als du?«

»Warum willst du das wissen?«, fragt Céline misstrauisch.

Hannah versucht es mit einer anderen Frage.

»Kannst du zugeben, wenn du unrecht hast?«

»Das geht dich nichts an!«

»Freust du dich, wenn einer Freundin etwas gelingt?«

»Ich hab keine Lust auf dein blödes Spiel!«

»Gut, tut mir leid, dass ich dich gestört habe. Du kannst gehen!«

Die Nächste!

Johanna freut sich sehr, die Kissen auszuprobieren. Seit Beginn der Pause schielt sie danach.

»Tratschst du gern?«

Johanna will die Prüfung bestehen, aber sie weiß nicht, was sie antworten soll. Sie liebt Tratsch! Nichts mag sie lieber, als zu schwatzen und dabei über alle Mädchen aus der Klasse zu lästern. Und über alle Jungen! Aber anstatt zu sagen, was sie denkt, spielt sie lieber das wohlerzogene Mädchen.

»Tratsch und Klatsch sind nicht gut.«

»Worüber redest du am liebsten? Über das Wetter? Über Mode? Fernsehen? Schule? Gespenster?«

Wieder denkt Johanna nach. Ja, Mode und

Fernsehen, das ist ganz ihr Ding. Aber bestimmt ist das eine Falle.

»Über Bücher.«

Johanna murmelt all ihre Antworten, als wären es Fragen. Da bleibt Hannah lieber misstrauisch.

Die Nächste!

5
Kompromisse

Die Woche ist zu Ende. Hannah hat alle Kandidaten genau geprüft. Trotzdem hat sie noch keine einzige Freundin eingestellt.

»Wenn der Leiter des Personalwesens niemanden für eine Stelle findet, was tut er dann?«, fragt sie ihren Vater.

»Dann sucht er weiter. Er gibt eine Anzeige in der Zeitung auf. Und er sieht und hört sich um. Manchmal geht er auch Kompromisse ein. Vielleicht entscheidet er sich für jemanden, der nicht ganz so ist, wie er sich das vorgestellt hat.«

»Kompromisse?«

»Ja, wenn du nicht das findest, was du erhofft hast, dann akzeptierst du, mit weniger zu leben. Manchmal muss man anpassungsfähig sein.«

Vielleicht sollte Hannah auch bei den Jungen suchen. Schließlich muss man anpassungsfähig sein!

Also lädt sie Pierre in ihr »Büro« ein. Pierre ist der Schlimmste der Klasse. Er wird fast jeden Tag zur Direktorin gerufen. Er ist aggressiv und ein Raufbold. Aber da Hannah Kompromisse eingehen muss, beginnt sie mit ihm.

Ich bin allein, aber ich bin nicht schüchtern! Ich muss es schaffen!, denkt sie sich.

Pierre weigert sich, auf den Kissen Platz zu nehmen. Irgendwann bekommt Hannah einen steifen Hals, weil sie die ganze Zeit nach oben gucken muss. Also steht sie ebenfalls auf. Dann macht sie mit ihrer Befragung weiter.

»Wozu sind Freunde da?«

»Zum Prügeln!«

»Zum Prügeln?«

»Ja, hauen, schlagen, stoßen.«

»Meinst du das ernst? Warum tust du das?«

»Weil das lustig ist!«

»Ja, aber man kämpft doch eher gegen seine Feinde, oder?«

»Nein! Freunde prügeln ist lustig, guck …«

Pierre macht eine Faust und stößt sie leicht in Hannahs Bauch. Das findet Hannah gar nicht lustig.

»Schon gut, du kannst gehen, du bist … entlassen!«

»Warum?«, fragt Pierre. Er ist wütend, dass er entlassen wird, bevor er überhaupt eingestellt wurde.

»Wir haben nicht dieselben Interessen.«

Hannah möchte eigentlich zwei Gespräche pro Pause schaffen. Aber Pierre rührt sich nicht vom Fleck.

Also stellt sie ihm noch eine Frage: *»Lachst du gern?«*

Pierre tut so, als bekäme er einen heftigen Lachanfall. »Hohoho! Hihihi! Hahaha!«, macht er so laut, dass sich alle auf dem Schulhof nach ihnen umdrehen. Und ohne es zu wollen, lacht Hannah mit.

»Was sind deine Stärken?«

»Ich bin sehr nett!«

»Glaubst du, es ist nett, jemanden zu hauen? Oder mich zu boxen? Das verstehe ich nicht.«

Urplötzlich fängt Pierre an zu weinen. Hannah weiß nicht, ob sie ihn einstellen soll oder nicht. Er hat sie zum Lachen gebracht, und jetzt bringt er sie fast zum Weinen.

Sie legt einen Arm um ihn und sagt: »Wir reden nächste Woche darüber, einverstanden?«

Pierre geht weg, und Hannah winkt Sebastian zu sich. Er setzt sich auf das freie Kissen.

Hannah fragt: »Bist du mit Pierre befreundet?«

»Niemand ist mit Pierre befreundet.«

»Warum?«

Sebastian überlegt kurz: »Wahrscheinlich, weil sein Vater im Gefängnis ist.«

»Aber Pierre ist doch nicht sein Vater!«, sagt Hannah empört.

»Aber du weißt ja, wie er ist …«

Hannah möchte nicht weiter über Pierre reden. Sie macht mit ihrem Fragebogen weiter: *»Was sind deine Schwächen?«*

»Ich bin ein bisschen faul.«

»Hat dich schon einmal ein Freund enttäuscht?«

»Nö. Ich erwarte nichts, also kann mich auch niemand enttäuschen.«

»Was ist ein Freund?«

»Das ist jemand, der mit dir zur Schule geht. Und der mit dir in der Pause spielt. Wenn dir langweilig ist, kannst du ihn anrufen.«

Eigentlich hatte Hannah eine andere Antwort erwartet. Etwas wie: Ein Freund ist jemand, dem man all seine Probleme erzählen kann. Mit dem man seine Geheimnisse teilen kann und seine Sorgen und seine Freude. Ein Freund ist jemand, mit dem das Leben aufregender und schöner wird. Er meint es gut mit dir und du meinst es gut mit ihm. Du willst ihn so oft wie möglich sehen. Mit ihm zusammen willst du die Welt entdecken.

In dieser Klasse wird Hannah wohl nie so einen Freund finden …

6
Es geht wieder aufwärts

Mittwoch. Ungeduldig hat Hannah auf diesen Tag gewartet, den sie mit Henriette verbringen wird.

Die Nachbarin holt sie in ihrem Auto, einer alten Ente, ab. Hannah steigt ein und fragt: »Wohin fahren wir?«

»Wir kaufen ein paar Kräuter und Blumen.«

Langsam und vorsichtig lenkt die alte Dame das Auto zur Gärtnerei. Hannah hat noch nie so viele Blumen auf einmal gesehen.

»Ich kümmere mich um die Kräuter und du

dich um die Blumen. Such aus, was dir gefällt«, sagt Henriette und schiebt Hannah einen riesigen Einkaufswagen entgegen.

Hannah kommt aus der großen Stadt. So etwas hat sie vorher noch nie gemacht. Sie sucht Blumen aus, die sie schön findet und die gut riechen. Es macht ihr Spaß, die Töpfe in den Wagen zu stellen und all die fröhlichen Farben anzusehen.

Im Auto verbreitet sich ein angenehmer Duft. All diese Gerüche sind neu für Hannah. Aber sie gefallen ihr: Estragon, Basilikum, Rosmarin, Petersilie, Koriander.

Als sie zurück sind, gehen sie in den Garten. Henriette zeigt Hannah, wie man ein Loch gräbt, und wie man alles, was sie gekauft haben, einpflanzt und mit Wasser angießt.

Dann essen sie Mittag im Garten – einen bunten Salat mit allen möglichen Kräutern. Es sind sogar ein paar Blüten drin!

Hannah beschließt, Henriette ihren Fragebogen vorzulesen. Sie besteht alle Prüfungen ohne einen einzigen Fehler! Vielleicht ist Henriette ja die ideale Freundin, überlegt Hannah.

Auf die Frage *»Was ist eine Freundin?«* antwortet die alte Dame: »Das ist jemand, mit dem du gern lachst, läufst und spielst. Es ist jemand, mit dem du einkaufen gehst, dem du deine Geheimnisse erzählst und dein Herz ausschüttest. Wenn es ihm nicht gut geht, dann willst du ihm helfen, ihn trösten und in die Arme nehmen. Ein Freund ist jemand, der dich zum Lachen bringt oder zum Weinen, der dich anspornt und dir gute Laune macht. Wenn du seine Stimme hörst, fühlst du dich zu Hause.«

Hannah denkt nicht lange nach und fragt: *»Willst du meine Freundin sein?«*

Henriette lächelt sanft. Dann sagt sie: »Ich kann nicht deine Freundin sein. Deine Eltern bezahlen mich dafür, dass ich auf dich aufpasse. Und eine Freundin kann man nicht kaufen. Außerdem bin ich doch viel älter als du. Ich könnte deine Großmutter sein. Ich gehe nicht mehr zur Schule und wir können keine Hausaufgaben zusammen machen. Und wir können nicht richtig zusammen spielen. Unsere Leben sind viel zu unterschiedlich.«

Hannah ist traurig, dass sie keine Freundinnen sein können. Trotzdem verbringen sie und Henriette noch einen tollen Tag miteinander.

Als sie sich verabschieden, sagt Henriette: »Wir können uns trotzdem mögen, miteinander reden und uns vertrauen.«

Ja, das wäre schön, findet Hannah. Aber ihr Problem hat sie trotzdem noch nicht gelöst: Sie hat immer noch keine Freundin!

Es ist unerträglich!

7
Ich will deine Freundin sein

Am nächsten Tag fällt es Hannah schwer aufzustehen. Mutlos schleppt sie sich zur Schule. Die Kissen lässt sie heute zu Hause. Sie hat keine Lust, mit den Vorstellungsgesprächen weiterzumachen.

Im Unterricht stellt die Lehrerin ihr eine Frage, auf die sie keine Antwort weiß. In der Schulkantine gibt es Schwarzwurzeln, die sie nicht ausstehen kann. Sie schiebt sie zur Seite, und die Aufsicht in der Kantine schimpft mit ihr.

Es ist unerträglich!

Plötzlich muss sie weinen, ohne dass sie etwas dagegen tun kann. Sie hat nicht einmal ein Taschentuch.

Sie stellt sich in eine Ecke des Hofs und beobachtet die anderen Kinder. Sie hat keine Lust mitzumachen. Viel eher hat sie Lust zu kündigen!

Als sie wieder ins Klassenzimmer kommt, liegt eine Nachricht auf ihrem Tisch. Sie faltet das Blatt auseinander und liest:

Dieser Brief kommt zwar nicht mit der Post, aber dafür von Herzen.

Ich finde es schade, dass du so traurig bist. Es wäre viel schöner, wenn du wieder lachst!

Suchst du immer noch eine Freundin? Ich wäre nämlich sehr gern deine Freundin. Ich würde mit dir spazieren gehen und dir tausend Geschichten erzählen.

Nathalie

In ihrer Liste war Hannah noch nicht bis zu Nathalie gekommen. Ehrlich gesagt, hatte sie sie gar nicht richtig bemerkt. Nathalie ist eine fleißige Schülerin. Aber viel mehr weiß Hannah nicht über sie.

Sie tauschen Blicke. Natürlich wird Hannah ihr alle Fragen stellen. Schließlich muss sie sichergehen, dass sich Nathalie als Freundin eignet. Aber irgendwie geht es ihr jetzt schon viel besser. Ihre schlechte Laune ist wie weggeblasen.

Nach der Schule haben Hannah und Nathalie denselben Heimweg. Sie fühlen sich nebeneinander wohl, auch ohne zu reden.

Hannah denkt an ihren Fragebogen. Aber sie hat keine Lust, Nathalie zu testen. Sie möchte sie nur bei der Hand nehmen.

Im Grunde ist es mit der Freundschaft wie mit der Liebe. Sie passiert einfach! Rums! Man stellt der Freundschaft keine Fragen, die Freundschaft gibt Antworten!

Die einzige Frage, die Hannah einfällt, lautet: »Magst du noch zu mir kommen, und wir essen etwas?«

»Ich muss zuerst meinen Eltern Bescheid sagen«, antwortet Nathalie.

»Dann gehe ich mit zu dir. Meine Eltern kommen erst später nach Hause.«

Bei Nathalie gibt es Brote mit selbst gemachter Marmelade. Sie sind köstlich, findet Hannah. So wie das Leben!

SUSIE MORGENSTERN, geboren 1945 in New Jersey, studierte in den USA, Israel und Frankreich. Sie arbeitete als Englischdozentin an der Universität von Nizza und schreibt, seit sie denken kann. Für ihre Arbeiten hat sie unzählige Auszeichnungen erhalten.

CLAUDE K. DUBOIS, geboren 1960 in Verviers (Belgien), unterrichtet Illustration am Institut Saint-Luc in Lüttich. Sie hat bereits mehr als 40 Bilderbücher veröffentlicht.